AF299245

L'HOTEL

DES

MARICOTS,

OU LE

TAMBOUR

PHILOSOPHE,

Poème comique, anecdotique, satirique, fantastique, etc., etc.,

EN QUATRE CHANTS,

PAR F. FLEURY,

Ex-Tambour à la   Légion de la Garde nationale de Paris

PRIX : 1 fr. 25 c.

PARIS,

CHEZ LES MARCHANDS DE NOUVEAUTÉS

1834.

L'HOTEL DES HARICOTS,

ou

Le Tambour philosophe;

POËME

COMIQUE, ANECDOTIQUE, SATIRIQUE, FANTASTIQUE, etc. etc.,

EN QUATRE CHANTS ;

SUIVI DE POÉSIES DIVERSES.

Par F. FLEURY,

EX-TAMBOUR A LA 5me LÉGION DE LA GARDE NATIONALE DE PARIS.

De faire de l'esprit tout le monde se mêle :
Un grand homme l'a dit* ; et c'est pis qu'une grêle.
Sans cesse nous poursuit un esprit importun,
Qui bien souvent n'a pas l'ombre du sens commun.

F. FLEURY.

* Napoléon disait un jour qu'à Paris l'esprit courait les rues, mais que le bon sens s'y rencontrait rarement.

PARIS,

Chez { A. APPERT, Imprimeur, passage du Caire, 54 ;
PREVOT, Libraire, rue Bourbon-Villeneuve, n° 64 ;
Les Libraires près des Postes de la Garde Nationale ;
Les Marchands de Nouveautés ;
Et chez l'AUTEUR, galerie Colbert, 16.

1840.

QUE VA DIRE LE PUBLIC!

Au premier coup-d'œil jeté sur cette brochure, le Public va s'é-
crier : Non, jamais, dans aucun temps, on n'a vu paraître autant
d'ouvrages en librairie que de nos jours.

C'est un déluge de livres de toutes sortes, d'histoires de tous les
pays, d'annonces colportées de toutes parts, de romans nouveaux, de
pièces de théâtre par volumes, de journaux en quantité et de toutes
les couleurs, en prose et en vers de toutes longueurs, en poésie de
toute espèce, etc., etc., et cela par des auteurs sortis de toutes les
classes de la société.

Aussi dira-t-il, j'en suis presque certain, que maintenant c'est une
fureur d'écrire, inconcevable chez les Français, et principalement
chez les Parisiens, dont la majeure partie est enthousiaste et aime à se
faire remarquer d'une manière quelconque.

Et que l'on voit aujourd'hui, cherchant à se familiariser avec les Muses
et gravir le Parnasse, tels que : tailleurs, tourneurs, fondeurs, ciseleurs,
plaqueurs, doreurs, peintres en miniature, en décors, en bâtiments,
cordonniers, perruquiers, marchands de nouveautés, etc., etc., etc.,
jusques à des portiers et même des épiciers, qui n'ont pas besoin de
se déranger pour débiter leurs productions; et, bien plus fort, un
misérable tambour qui a la hardiesse de se lancer dans ce tourbillon,
prenant le titre de philosophe. A-t-on jamais vu chose pareille? ah!

pour le coup, on peut dire à présent avec assurance que nous sommes aujourd'hui bien plus éclairés qu'on l'était autrefois.

Voilà ce que va dire le public, ou du moins le penser; dans certains cas, le Public pourrait bien avoir raison; mais quant à celui de croire que j'aurais pris ce titre avec la prétention de passer pour un savant, pour un sage de l'ancienne Grèce, un Ciceron, un Démosthène, un Périclès, etc. , je dois fortement le désabuser en disant que je suis un philosophe comme on en voit tant de nos jours, qu'on pourrait comparer, par exemple, à Diogène pour la mise, mais qui, comme moi, ne peuvent pas encore se flatter d'en avoir l'esprit.

Au surplus, j'ai pris ce titre pour piquer la curiosité, et non avec telle prétention. Dailleurs, je ne compte guère être lu qu'au corps-de-garde, et n'ai écrit cet ouvrage que dans l'espoir de distraire un instant MM. les Gardes nationaux, qui sont ordinairement très sujets à s'ennuyer hors leur tour de faction, encore doutai-je du succès; je n'espère donc pas arriver jusqu'au salon : je n'écris pas comme un membre de l'Académie des belles-lettres, il s'en faut bien; je ne me connais que le talent nécessaire pour faire faction à la porte.

PRÉAMBULE.

Pour commencer, il faut qu'avec adresse
J'offre au lecteur un bel avant-propos ;
Si je pouvais l'écrire avec finesse
En ma faveur il serait mieux dispos.

Essayons donc ce superbe discours
Qui, selon moi, me le rendra propice ;
S'il faut qu'ici j'use un peu d'artifice,
Faisons aussi la patte de velours.
Mais gardons-nous, composant une phrase,
De vouloir trop faire l'homme d'esprit ;
Il m'irait mal, en traçant cet écrit,
Si je voulais parler avec emphase.
C'est déjà trop de publier mes vers ;
Ne leur donnant élégante tournure,
Avec l'esprit que j'ai de la nature,
Je crains d'aller me perdre dans les airs.

Oui, trop souvent en cet art on s'abuse :
J'ai cent fois tort contre une fois raison.
En poésie, on n'admet point d'excuse ;
Et tous mes vers sont bien hors de saison :
Aussi pour eux j'ai très mauvais augure,
Et j'avoûrai que dans mon embarras,
J'ai lieu de craindre une forte censure ;
Car j'ai, je crois, fait des *flats* pour des *rats*.

J'ai beau dorer, redorer la pilule,
Pour éviter la sévère leçon ;
Mais je l'aurai d'une belle façon,
Car j'ai vraiment la tête d'une mule.
Quelle imprudence ! ah ! combien je m'expose ;
Croyant distraire, espérant égayer,
Mais me trompant, si j'allais ennuyer ?
Je me tourmente, et ce n'est pas sans cause ;
La peur me prend, et je tremble d'avance.
Déjà, je crois entendre les moqueurs :
Quand on écrit, on trouve des censeurs
En quantité, mais fort peu d'indulgence.
Pourtant, hélas ! j'en aurais bien besoin ;
Car mon génie, en manquant de pratique,
N'est pas fécond en style poétique,
Et je compose avec fort peu de soin.

Fatalité ! funeste coup du sort,
Qui me fit naître au sein de la misère !
Je ne crains pas de le dire d'abord :
Pour du savoir, ma foi ! je n'en ai guère ;
Je n'eus qu'un mois pour éducation,
Je n'ai pas eu trop de temps pour m'instruire.
En fait d'étude, et comme instruction,
J'en aurais plus, ça ne pourrait me nuire ;

En ce moment, où je suis à la gêne
Pour exprimer enfin ce que je sens,
Cela pourrait bien alléger ma peine,
N'ayant en tout pour moi qu'un gros bon sens.

AVANT-PROPos.

Mᴏɴ cher lecteur, en mettant sous vos yeux
Mon faible ouvrage, enfin cette bluette,
Pour un moment je quitte la baguette ;
Mais n'allez pas m'en faire un crime odieux.

Je montrerai la salle de police ;
Mais en faisant cette description,
Je crains beaucoup, pour ma narration,
D'être accusé d'y trop mettre malice.
Aux jours heureux du siécle de lumière,
Qui dit trop vrai, par fois passe pour fou :
Pour ne rien dire, il faut parler beaucoup,
Car l'on pourrait sur moi crier : arrière !...

Il faudra donc observer ma harangue,
Et, comme on dit, tourner autour du pot.
Je tournerai sept à huit fois la langue
Pour éviter les dangers d'un bon mot.
De trop gratter l'endroit qui nous démange,
Est un plaisir qui se change en douleur.
Il faut souvent retenir en son cœur
L'épanchement, craignant de perdre au change.

Car si j'allais trop loin m'abandonner,
Quoiqu'un tambour, on sache par avance,
Vulgairement a le droit d'insolence,
L'on ne voudrait pas tout me pardonner;
Mais je pourrai cependant entre nous
Lancer par fois le petit mot pour rire,
Sans pour cela qu'on vienne après me dire :
Garde ta langue pour manger tes choux?

L'HOTEL
DES HARICOTS.

PREMIÈRE PARTIE.

CHANT PREMIER.

Une Harangue à la Mairie.

Ah ! puisqu'en gémissant l'homme arrive en ce monde,
Il naît donc pour souffrir sur cette terre ronde ?
Et plus encore au pauvre où l'esprit est fatal
S'il ne peut vivre en tout comme un simple animal ;
S'il ne veut pas descendre au niveau de la brute,
Il doit toute sa vie être toujours en butte
Au caprice d'un chef ou du riche méchant,
S'il ne sait se ployer, faire le chien couchant.
    Aujourd'hui tant de gens ont l'âme mercenaire ;
Qui l'a tant soit peu haute est bien sûr de déplaire.
Aussi de certains chefs, on ne peut le nier,
Regardent un tambour tout comme du fumier (*).

(*) On regarde vulgairement les tambours de la garde nationale comme étant une classe d'hommes presqu'en dehors des autres classes de la société, par les manières et les principes de quelques-uns. S'appuyant fortement sur ce dernier point, certains (loups-garous) chefs de légions se font un plaisir de les tourmenter en masse journelle-

Nous sommes à l'appel : je vais vous dire comme
Un viendra dire : tue, ensuite un autre : assomme.
Arrive dans nos rangs un commandant en chef,
Qui nous tient ce discours, veuillez le trouver bref :

« Formez le cercle, allons ; je viens pour vous instruire
« D'un ordre que j'ai fait : c'est l'art de vous conduire.
« Il m'en reste dix-neuf que je veux infliger,
« Et pour vous y soumettre, il faut vous arranger.
« Écoutez, mes enfants ; moi, je vous parle en père ;
« J'ai le cœur sur la main, je ne suis pas sévère ;
« Je ne suis pas non plus exigeant à l'excès,
« Et près de moi toujours on peut avoir accès.
« Faites de point en point ce que je vous ordonne ;
« Vous avez, ce me semble, une place assez bonne ?
« Et vous êtes heureux ? Pour vous y maintenir,
« Dès que l'on vous commande il vous faut obéir.
« Un moindre manquement, une faute légère,
« Vous feraient étriller d'une bonne manière ;
« Je trouverai toujours moyen de vous bloquer ;
« A ce que je promets je ne saurais manquer.
« Ne prenez point cela pour simple badinage,
« C'est dans vos intérêts si je tiens ce langage.
« Votre paie, entre nous, est facile à gagner,
« Et je veux, sacrebleu ! vous en faire épargner ;

---

ment, et leur font sentir au centuple le peu de peine qu'ils ont, soi-
disant, à gagner les quarante sous par jour qui leur sont alloués
(plutôt moins que plus) ; et pourtant cette classe recèle des hommes
estimables, qui, confondus dans la foule, ne sont pas appréciés. Il y
a cependant des légions où les tambours ne sont pas si malheureux,
ayant encore de bons chefs.

« Oui ! sur la haute-paie, il faut qu'on abandonne
« Sept à huit francs par mois et sans que l'on raisonne;
« Je les fais retenir chez vos sergents-majors,
« Et ceux qui s'en plaindront je les mettrai dehors.
« Pour vous entretenir et pour votre ménage,
« Le reste suffira, faites-en bon usage.
« Vous êtes habillés ; quant à vos logements,
« Vous apporterez tous vos reçus de paiements.
« Chaque jour de beau temps vous aurez l'exercice.
« L'on sait qu'oisiveté fit engendrer le vice,
« Aussi, pour vous distraire, avant l'élection,
« Vous aurez et petite et grande inspection,
« La théorie après l'école, et la parade;
« Vous n'aurez pas, je crois, le temps d'être malade?
« Quant au commun service, il doit toujours marcher.
« Je veux qu'on soit soumis, gardez-vous de broncher !
« J'oubliais une chose, et bien essentielle ;
« Faites attention pour qu'on se le rappelle :
« Je défends d'aller battre aux nominations,
« Vous ignorez le but de mes intentions ;
« Et je n'ai pas besoin de vous faire une histoire,
« J'ai défendu partout qu'on vous donne pour boire ;
« Tel est mon bon plaisir ; le premier qui battra,
« Pour huit jours en prison pour sûr on le mettra.
« Vous pouvez y compter.... » Là finit sa harangue,
Et chacun se retire en retenant sa langue.

Ces Messieurs les tambours de cet ordre nouveau,
Quelques-uns l'ayant mis dans l'oreille d'un veau ;
Voilà donc des gaillards qui dans la circonstance,
Des officiers nommés, enfreignent la défense,

Et dans tout le quartier, avec leur instrument,
De maison en maison s'en vont tambour battant.
Pour comble de malheurs et de mésaventure,
Un cheval effrayé culbute une voiture;
Tout en caracolant au milieu du faubourg,
Comme étant poursuivi par le bruit du tambour,
Voilà qu'en reculant il va faire sur l'heure,
Chez un pauvre fruitier, l'omelette sans beurre.
Cela fit du scandale, et de cet accident,
Le bruit en est venu jusques au commandant;
Justement chez celui qui pour un rien il beugle,
Qui rejettant son borgne il va prendre un aveugle;
Et souvent il punit, par esprit inégal.
« Qui hait faire le bien peut être enclin au mal. »

A pareille nouvelle il dépêcha bien vîte
Un caporal tambour, pour faire la poursuite
A ceux qui s'étaient mis en contravention,
Afin de les coffrer sans explication;
Et puis, comme un croquet, venant à la Mairie,
Y fait un brouhaha! tant il fut en furie,
Que vraiment on eût cru qu'ils avaient mérité
D'être, ayant fait ce coup, au moins décapités.
Moi, pour être à l'abri, j'écrivis une lettre;
Et, chez mes nouveaux chefs, en la faisant connaître,
Je tenais à la main un bouquet bien touffu,
Et, du moment propice, où j'étais à l'affût,
Je leur offrais soudain; mais, pour mieux vous instruire,
La lettre est ci-dessous et vous pouvez la lire:

« Monsieur,

« N'ayant à vous offrir, pour faire les honneurs,
« Qu'un mauvais compliment orné de quelques fleurs;
« Nous devions bien mieux faire en cette circonstance
« Il est vrai ; mais sachez qu'on nous a fait défense
« D'aller vous saluer avec un rigodon ;
« Daignez , en attendant, accepter notre don.
« Vous savez qu'en tout temps le bouquet est d'usage ,
« Et nous vous supplions d'en accueillir l'hommage;
« Qu'il puisse nous servir à prouver notre amour,
« Et remplacer au moins le doux son du tambour...etc. »

Ce moyen fut heureux; et, dans ce jour de chance,
Je commençais d'abord par bien remplir ma panse,
Et je m'en acquittais avec un si grand soin
Que le soir, me trouvant étendu dans un coin,
Je m'écrie à l'instant : En avais-je une dose !
Pour qu'ainsi dans la rue enfin je me repose;
Je me fais remarquer, je vois tout bleu de ciel,
J'ai perdu le chemin qui conduit à l'appel.
Ah ! qu'il faut l'avouer, je suis un grand coupable !
Mais me trouvais-je aussi franchement condamnable;
M'oublier à ce point! j'aurais bien mérité
Une punition avec sévérité.
Que le diable, emportant ceux qui m'ont fait tant boire,
Leur pique le derrière avec une lardoire;
Et puis, monté si haut que le peut un ballon,
Finit de déchirer leurs fonds de pantalon;
Qu'ils retombent ensuite, ayant causé mon risque,
A point direct, et v'lan ! le nez sur l'obélisque !

Après m'être calmé, me relevant enfin :
Voyons-donc ? me disais-je, en rebroussant chemin ,
A tout ce qu'il arrive il faut qu'on se résigne ;
J'en subirai les cas prévus par la consigne.

On ne m'a pas manqué ; mettons qu'on eut raison ;
Bref, on me conduisit tout droit à la prison ;
Mais pour combien de jours ? Eh bien ! je vais le dire
Dans un petit instant : continuez de lire *.

---

* Je compte bien que le lecteur ne prendra pas à la lettre ce que
je dis ici , qui n'est qu'une plaisanterie ; car si j'étais capable de me-
ner une semblable conduite , je ne le publierais pas. Je fus il est vrai
condamné à quelques jours de prison , mais pour retard aux appels
seulement , ce qui m'a procuré le plaisir de faire connaissance avec
l'*Hôtel des Haricots*, où m'est venue l'idée d'essayer de composer sur
ce sujet l'ouvrage qu'il a sous les yeux.

CHANT DEUXIÈME.

L'Hôtel des Haricots. — Songe que j'y fis.

Arrivés, nous passons sous la porte cochère,
Et nous sommes entrés dans ce séjour austère ;
Un étage au-dessus nous fûmes au bureau
Du concierge (entre nous un homme pas très beau)
Qui, pour m'enregistrer, mit presqu'une heure entière,
Perdant tantôt sa plume, ou bien sa poudrière ;
Puis je montai plus haut, conduit par le portier,
Surveillant, au besoin, et souvent guichetier ;
Ouvrant porte sur porte, il va me mettre en cage
Après avoir monté jusqu'au cinquième étage,
Me laissant en plein air dessous un colombier,
Au-dessus des bisets (*), j'entendis le ramier ;
Regardant par dehors je me vis haut perché.
Pourquoi près des pigeons m'avoir ainsi juché ?
M'écriai-je aussitôt. Ah ! c'est qu'apparemment,
Entre notre jargon et notre habillement,
On trouve sympathie, et l'on nous met ensemble
Afin de dire qui se ressemble s'assemble.

(*) A l'ancienne prison, les gardes nationaux non habillés étaient logés un ou deux étages au-dessous des tambours.

A la nouvelle prison, ils sont également séparés, mais d'une manière inverse : les tambours sont en bas, enfermés un par un dans des cages comme les animaux féroces le sont au jardin des plantes.

Voilà donc la maison que, bien mal à-propos,
Vulgairement on nomme *Hôtel des Haricots*.
J'y suis resté dix jours, et j'en puis faire éloge;
Qu'on m'appelle menteur si d'un mot je déroge:
J'y trouvai le temps long, mais n'ai pas pour cela,
Mangé des haricots que l'on vante tant là;
J'y mangeai du pain sec et couchai sur la dure,
M'y creusant l'estomac à boire de l'eau pure;
De plus j'eus une soupe au bout de quatre jours,
Et, depuis ce temps là, je divague toujours;
Couchant sur de la paille et sans feu ni chandelle.
L'on n'y peut rien entrer, cette règle est fort belle;
Mais que votre santé soit bonne désormais,
Car, si vous appelez, on ne répond jamais,
Ou c'est par un hasard. J'y battis la breloque,
Et c'est dans ce moment où mon esprit baroque,
Où mon cerveau brouillé, rempli de mon souci,
Croyant versifier je gribouillai ceci :

Sur mon triste grabat je n'avais pas mes aises,
Car un nombre infini de puces et punaises
Me gênaient diablement; aussi mon pauvre corps
S'en est-il ressenti jusqu'en tous ses ressorts.
Chaque nuit je rêvais et je ne dormais guère;
Et si parfois Morphé vint clore ma paupière
Ce ne fut pas sans peine et sans beaucoup souffrir;
Fatigué de gratter et las de réfléchir.
Mais il est inutile, et trop loin je prolonge;
Je vais vous raconter ce que j'y vis en songe :

« Sur une vaste place était le bataillon;
Un chef nous commanda de nous former en rond;

Puis , au centre il se tint, pour mieux se faire entendre,
Et nous fit un discours qu'à peu près je vais rendre :

« Suivant l'ordre de chose, on craint fort aujourd'hui
« Que d'un moment à l'autre il nous vienne du bruit ;
« Mais si , par un hasard , chose pareille arrive
« Chacun de vous y doit prendre une part active ;
« Voici comme j'entends qu'il faut l'effectuer :
« Vous vous distinguerez à vous faire tuer ;
« Et si vous succombez par un trait de vaillance,
« Je vous ferai noter pour une récompense. »
Puis, fesant un signal, on fit un roulement
Qu'à peine exécuté l'on vit un mouvement.
Aussitôt j'entendis comme une fusillade ;
Je compris qu'on allait avoir une algarade.
Du côté de ce bruit je tournai mes regards
Et j'aperçus au loin grand nombre d'étendards
Que des hommes portaient en accourant en masse ;
Tombant à l'improviste, envahirent la place.
Un qui, le plus hardi, sortit du milieu d'eux,
Se mettant à leur tête, étant plus courageux,
Leur fit une harangue à peu près en ces termes :

« Allons ! braves amis , marchons et soyons fermes !
« C'est là, sur ce terrain, que le peuple autrefois
« Commença la réforme aux abus de ses lois !
« Aussi qu'il vous souvienne, en votre élan civique,
« Qu'ici l'on fiança la jeune république ! »

Puis, se jetant en foule après un monument,
Ils l'ont en un clin d'yeux détruit entièrement.

D'abord ils enlevèrent toutes ses bigarures,
Enfin ses ornements en morceaux de sculptures.
Pour terminer ce fait de révolution
Ils ramassent en tas la démolition ;
L'on eut beau faire et dire, ils ont fini l'ouvrage
Malgré les opposants et tout leur clabaudage ;
Au sommet de ce tas plantèrent un bâton
Qu'ils ont bien rehaussé d'un bonnet de.... coton !
Voilà que tout-à-coup alors le trouble augmente ,
Et ce bonnet partout va porter l'épouvante.
On se pousse, on se heurte, on fuit de toutes parts ;
V'lan ! je reçois au nez deux énormes pétards
Faisant explosion. » Une scène pareille
Me fit porter sans doute une puce à l'oreille.
Me remuant alors je me suis dérangé ;
Cela fit que mon rêve a tout-à-coup changé.

Mais, sommeillant toujours, quelle fut ma surprise ;
Me trouvant au milieu d'une superbe église (*)
Où je ne voyais plus ces brins de bataillons ;
Je n'étais entouré que de mes compagnons.
Chaque fin de prière on chantait un cantique
Fort bien accompagné d'une belle musique.
J'étais émerveillé. Quand, sur un piédestal,
Au beau milieu du chœur près du cierge pascal ;
J'aperçus qu'à genoux un homme en cette place
Avec un air piteux nous faisait la grimace
En se signant trois fois ; j'y fis attention.
Voilà que, tout-à-coup, de sa position,

(*) Notre-Dame de Lorette.

Il fit un changement, et, quittant sa posture,
Me laissa mieux juger de sa haute stature ;
Puis il vint droit à nous le corps sans se mouvoir ;
Nous crûmes qu'il allait donner de l'encensoir ;
La taille gigantesque et la tête pelée,
Marmottant dans ses dents une phrase ampoulée ;
Autour de lui lançant un regard assassin ;
L'on aperçut deux yeux comme ceux du requin.
Sa lèvre supérieure, qui constamment pincée,
Lui donnait l'air d'avoir une arrière-pensée,
Sur tout nous contrôlant et voulant nous taxer,
Chaque mot qu'il disait n'était que pour vexer,
Et pour tout l'auditoire il montrait de la haine ;
Son abord fit l'effet du grand croquemitaine.
En s'approchant de nous très près pour nous parler,
J'ai cru qu'il n'avançait que pour nous avaler ;
Car il cria si fort : « Je ne veux pas d'ivrogne ! »
Qu'un pourpre en cet instant vint lui couvrir la trogne ;
Ensuite, il ajouta dans un plus grand courroux :
« Enfin ceux qui boiront, on les chassera tous,
« Et j'en ferai venir, s'il le faut, de la Chine ! »
Plus en colère encor d'une voix qui fulmine.

Sans cesse il me fixait, j'en avais presque peur ;
J'étais tant tourmenté que j'étais en sueur.
Cet homme, dont l'ensemble avait paru fort drôle,
Il métamorphosa son épée en étole,
Et puis il disparut enfin, cet hospodard.
Je m'éveillais alors : c'était un cauchemar.

Qui pour moins chanceler, tapissait la muraille,
Et criait au guichet : Vous ête' une canaille !
Vous êtes tous voleurs et des fameux brigands,
Que toujours on engraisse à nos frais et dépends.
Apportez-moi du pain, *bougre de marcénaire !*
Puisqu'on *chippe* vingt sous sur mon pauvre salaire ;
Guesards de *royalisse ! carlisse et jacobins !*
Vous z-ête' un tas de *muff'* et de mauvais *guerdins* (*) *!*

Il exhalait le reste du jus de la treille,
Qu'il n'avait pas sans doute assez cuvé la veille ;
Et quand fut défilé de tout son chapelet
Les paters, les avés, enfin tout au complet,
Il entra dans la pièce où chacun se rassemble ;
Nous n'étions plus que trois, il compléta l'ensemble ;
Mais il était tout pâle et tout ébouriffé,
Et tout en bougonnant, il s'était décoiffé ;
Salua sans parler, montrant fort peu d'usage,
Et voulant de nouveau faire encor du tapage ;
On le rendit à l'ordre, en lui parlant raison ;
Alors il se calma, puis demanda pardon.
Tout son habillement n'était que déchirure,
Et tout couvert de boue, ainsi que sa figure.
Afin d'avoir la paix, nous avons aussitôt
Décoré notre ancien du titre de *prévôt*,
Qui tout d'abord lui dit : — Te serait-il possible,
Ami, de te tenir un tant soit peu paisible ?

(*) On remarquera que cet homme étant ivre, parle sans trop savoir
ni apprécier ce qu'il dit.

Réponse du Tambour BELACIER.

— Laissez-moi, j'vous en prie ! ah ! qu'j'ai peu de raison ;
J'suis un' bête imbécile, un véritab' oison,
Et dans c'moment z-ici, oui, le diab'e me tente,
D'marracher tout' les trip' avec le cœur du *vente*,
Et si j'avais ici mon coup'-choux à la main,
Je m'les ôt'rais si ben tout comm' ceux d'un lapin ;
Puis je j'trais tout l'tas, v'loug, à travers la *fainette*,
Et je serais joyeux en détruisant mon *êt'e*.

LE PRÉVÔT.

— Eh bien ! calmons-nous donc, retenons ces fureurs,
Et tâchons, s'il vous plaît, de cesser nos clameurs !
Allons donc ! Belacier, feras-tu des folies ?
Et maintenant, voyons, aurais-tu des lubies ?
Comment ! toi, vieux tambour, tu vas donc radoter ?
Parce qu'auprès de nous tu vas un peu rester :
Voilà-t-il pas de quoi faire perdre la tête ?
Mais chacun te dira, vieux soldat, vieille bête,
Te désoler ainsi ! le mal est-il si grand
Qu'on ne puisse excuser l'homme qui se repent ?
Est-ce un si grand malheur de se mettre en ribotte ?
Mais nous sommes souvent repris pour cette faute ;
Si la chose est plus grave, à quoi bon t'affliger ?
Mon cher, à l'avenir, il faut te corriger.

BELACIER, montant sur le lit de camp comme un désespéré, et se couchant.

- Ah ! je l'jure, aussi vrai comm' vous êt'honnête homme ;
Si jamais je me r'soul', j'veux ben que l'on m'assomme ;
Seul'ment que de m'parler d'vin z-ou ben de liqueur,
Hen !.. tout mon corps se r'tourne, et m'fait r'bondir le cœur.

Mais c'nest pas encor ça le plus qui me tracasse,
Ni d'êt' ici *venu* près d'vous tenir un' place ;
J'ai ben des aut' affair'., et si j'vous racontais ....
Y-a d'quoi m'en fair' rougir, et je n'pourrai jamais.

LE PRÉVÔT.

Il me semble, entre nous, tu n'es pas à la gêne,
Et tu peux raconter le sujet de ta peine ;
Mais que diable as-tu fait qui puisse te noircir
Au point si curieux de te voir en rougir ?
Il faut nous raconter cette belle fredaine :
Nous saurons le motif qu'en ces lieux-ci t'amène.
Ne te fais pas prier, et sans fard ni couleur,
Apprends-nous donc, voyons quel est ce grand malheur?
En nous, tu peux avoir entière confiance ;
Allons, conte-nous ça, n'y mets pas d'importance ;
Nous serons circonspects, et je te le promets,
Nous jugerons l'affaire avec tous les méfaits ;
Ainsi ne te fais pas autant tirer l'oreille
Pour conter un malheur causé par la bouteille.
Te voilà bien remis, mais avant de parler,
Tu sais qu'avec les loups il faut savoir hurler :
Tu reprendras l'à-plomb, payant la bienvenue,
Si tu peux toutefois, c'est une chose due.
Quand on a de l'argent, on peut toujours avoir
De quoi se rafraîchir, car c'est là le pouvoir.

BELACIER.

—Mais je n'suis pas cossu, j'vous en donn' ma parole ;
J'ai fumé tout mon cuiv'e au vin z-à la castrolle ;
Mais j'dois encor avoir, car quand je suis pochard
J'mets toujours quelques sous dans un' poche au *rancard* ;

J'm'en vas un peu *vouer* dans celle qui me *resse*,

Mais si j'ne r'trouve rien, bon Dieu ! que coup *funesse* !

(Fouillant dans la poche de son habit, étant moins soul.)

Je n'voudrais pas r'chigner. Ha ! v'là qu'je r'trouve trois francs.

Nous écras'rons un grain, vous êtes des bon' enfants,

Puis j'vous raconterai, mais en langue commune,

Le plus *suscinquement* toute mon infortune.

LE PRÉVÔT.

Nous allons donc savoir, notre ami Belacier,

Si tu fis de beaux tours, toi, qui n'es pas sorcier ;

En parlant aussi bien, tu gagnes notre estime ;

Mais surtout ne va pas nous découvrir un crime.

BELACIER.

Un instant, j'te salue ! excusez, Philibert !

Est-c' que vous m'prendriez pour Macaire-Robert ?

Ce n'est pas là le fait : il s'agit d'une orgie.

Je vais parler chandelle et vous parlez bougie :

Écoutez-moi seul'ment avec un peu de soin,

Et j'men vas, si je l'peux, changer mon baragouin.

LE PRÉVÔT.

Mes amis, écoutons. S'il conte son histoire,

Celui qui parlera sera privé de boire ;

(Prenant sa tabatière).

Mais avant il nous faut prendre un peu de tabac.

Vous répondrez sabot quand j'aurai crié crac !

(Les autres ont répondu ensemble.)

Sabot ! cuillère à pot !.. Nous sommes tout oreille.

LE PRÉVÔT.

Pour juger ta bamboche, est-elle sans pareille ?

C'est ce que l'on va voir : conte-la sans mic-mac.

En route maintenant, et je dis : cric ! et crac !

CHANT QUATRIÈME.

Récit du Tambour philosophe.

BELACIER se mettant sur son séant, et racontant ses aventures :

Hier, qu'était dimanche, en r'venant d'la parade,
Montant à la barrière avec un camarade,
Nous étions tous les *deusse* en disposition
D'nous en donner chacun un' bonne ration.
J'entre avec Pied'gayac, pour nous mettre en goguette,
Chez un gros marchand d'vin, z-une belle guinguette.
En entrant dans la salle, atablés dans un coin,
Nous trouvons Tricadot, Jonasse et puis Marsoin;
Nezd'coq et Langlumé, le caporal Berdouille;
Leux femm' avec eux tous faisant aussi patrouille.
On nous fit bon accueil, comm' étant bons vivants;
Nous nous metton' à *tabe* aussitôt z-arrivant :
L'on propose à mangerrr, nous poussons à la roue;
Je ne vous l'cache pas, j'aime à m'emplir la joue.
Voilà qu'on nous apporte un ragoût de mouton
Z'avec un margouillis appelé *mironton*,
Puis un très grand plat creux plein à ras de giblotte,
Pouvant bien contenir trois lapins en compote.
En tirant de ce plat, disons de ce baquet,
Pour servir un chacun, on trouve? un *bibloquet !*
Mais vous n'croirez jamais ce que je vas vous dire,
Et le diable m'emporte, on en pourrait trop rire.
    En voyant ce joujou, j'en ai pris du dégoût,
Et j'ai tombé dès-lors sur le fameux ragoût,

Quand croyant de tenir au bout de ma fourchette
Un gros bouquet garni. . . . . , c'était ? une lavette !
Que le chef avait mis , s'oubliant par hazard.
Ensuite on nous servit une omelette au lard
Qui n'était pas mangeable et qui sentait le rance ,
Épicée et salée , et tout avec outrance.
On aurait bu , je crois , la mer et le poisson ,
Sans faire évacuer ce goût de salaison ;
Mais je ne dis pas tout , n'faut pas que rien je coule ,
Car nous mangeâm' encore un très grand plat de moule,
Des crâpes , du fromage avec des épinards :
J'ai trouvé ça si bon qu' j'en ai mangé deux parts ,
Puis un plat de rôti z-avec une salade ;
Enfin j'ai tant mangé qu' j'en ai t-été malade.
Pour faire *dégirer* tout ce *saligodis* ,
Nous avons bu , je crois , de vin z'entre nous dix ,
J' dirais ben huit grands brocs , sans compter la buvette;
Une noce on peut dire , enfin la plus complète :
Mon *vante* était tendu comm' la peau d' mon tambour ;
Je crois même avoir fait sans bouger le grand tour ;
Mais y n' faut pas encor qu'à ce sujet je touche ,
Je dois garder cela pour une bonne bouche.
Hé ! j'oubliais encore un énorme melon
Dont la bonne partie est dans mon pantalon.
Je n'ai qu'à retirer seulement une botte
Pour prouver à quel point je *m'ai* mis en ribotte.

Enfin tout fut mangé : quand on fut z'au dessert,
Voilà , Mons Langlumé , qui fait z'un bruit d'enfer.
On sait que pour chanter, sa femme *alle* est *mouchique* ;
Y voulait *qu'a* nous chante une chanson bachique ;

Mais a n'el' voulait pas, madame Langlumé ;
A répondait toujours, j'ai lé ton z'enrhumé,
Faisant sa mijaurée, enfin z'al se décide,
En disant doucement : mais que quelqu'un me guide.
Puis se mettant z'entrain, il sort de son tuyau
Un son de voix semblable au beuglement d'un veau.
On chantait tou' t-en chœur ; ça faisait un' musique !
Si vous aviez vu ça ? qu'eu trio magnifique !
Mam' Langlumé chantait qu'a f'sait plaisir à voir :
« *Du rivage d'Osker*, j'ai réçu le mouchoir ! »
Et la société dans ce moment ravie
A demandé qu'on fasse un *bichop* à l'eau-d'-vie.
On en servit trois lit', on a fait tout brûler,
Hé ! j' dis qu'a pas fallu grand temps pour l'avaller.

Tout d'même on s'amusait ! Y avait pas d'arnicroches.
Mais toujours Tricadot veut faire des bamboches ;
Ce sujet querelleur trouble tous les plaisirs,
Sans quoi rien ne remplit le but de ses desirs ;
Il ne peut s'amuser sans faire des sottises,
Un' fois qu'il a l'nez dur, y n'dit que des bêtises.
Mons Tricadot d'abord, voulant nous taquiner,
Barbottait dans les plats les restants du dîner.
Pour plaisanter ensuite, y n'parlait que d'ordures ;
Et nous jetai' z-au nez toutes ses épluchures ;
On l'a prié d'finir, mais le f..t. pourceau,
Qu'est ben pus insolent qu'un valet de bourreau,
Dans l'verre à Langlumé v'là qui trempe sa pipe ;
Mais aussi Langlumé vous paya ce principe
En jetant le liquide au nez de Tricadot ;
Celui-ci par le sien répondit aussitôt.

Là dessus Langlumé, se levant en colère,
Il lui dit : Tricadot, je vas te faire taire !
Assez causé, suffit ! ou je cloûrai ton bec,
Pour t'apprendre envers nous un peu mieux le respect.
Mais Tricadot hargneux le traita de ganache,
De vieux bas de buffet, et sa femme de vache.
Enfin, apostrophé, vexé z-au dernier point,
Langlumé y'envoya sur le nez un coup d'poing,
En disant : tu vas voir comment Margot se peigne !
Et pour te le montrer, attrape c'te châtaigne !
Puis sautant après lui, vous l'*empoigne* au *gaviot*.
Sul'coup d'temps, Tricadot resta comme un idiot,
Et de dire un seul mot il n'était plus capable ;
Il bâillait comme un' carpe à sec de d'sur le sable.
Nous-ont mis les z'holà, car l'aut' le t'nait sanglé,
Qu'un peu plus c't'oiseau-là j'crois l'aurait étranglé.
Mais en les séparant, on a fait des merveilles,
En cassant à peu près dix-huit à vingt bouteilles.
C'n'était rien de c'déchet, si par tous nos efforts
Nous avions tant seul'ment pu les r'mettre d'accord ;
Mais nous devions avoir pour finir leur querelle
D'un heureux accident une scène plus belle.

J'disais donc qu'Tricadot était tout essoufflé
Et furieux de voir son pauvre nez enflé :
La taloche appliquée avait été soignée,
Et pouvait lui valoir une bonne saignée.
Ça lui donnat-un' haine, à Tricadot, dans l'cœur,
Qu'il reprit la partie avec plus de fureur,
Il voulait se venger ; mais glissant sur la dalle,
Il s'est fait si tell'ment tarauder dans la salle ;

Que pour êt' à son aise, il a fui dans la cour ;
Mais l'autre vous le *r'pige*, en l'arrêtant tout court ;
Et v'li, et v'lin, et v'lan, lui trempant une soupe
A la paille de fer, il lui crêpait la houppe.
C'est là que fallait voir Tricadot, de c'te fois,
Sauter comme un' *corneille* abattant une noix.

Les voyant *s'astiquer* ainsi la tirelire,
Tous comme des bossus, nous nous crevions de rire.
Enfin, nos deux champions, nous donnent le bouquet,
Tombant à la renverse, *en même* un grand baquet
Qui recevait les eaux que donnait la gouttière ;
Par le coup d'un n'hasard, la tête la première,
Étant plein jusqu'aux bords, ils y font un plongeon,
Et prennent à la tasse un bouillon de goujon ;
Mais aussi Tricadot, du coup se débarbouille,
Et ce petit malheur a fait cesser la brouille.
On les retire donc, mais à moitié noyés,
N'ayant plus que les pieds qui n'étaient pas mouillés.

La paix s'est rétablie, et l'on a bu la goutte
Huit fois auparavant que de se r'mettre en route ;
Puis réglant le montant de la carte au fricot,
Chacun, rubis sur l'*ongue*, a payé son écot.
Mais le soir, je devais aller faire une ronde,
Hors, il était urgent de quitter tout le monde ;
J'ai donné mes six francs du dîner *chicandart*,
Et l'on m'a reconduit jusque dessus l'boul'vart,
Nons avons encor bu selon règle commune
Quelques gorgeons de cric avec la crêpe-lune (*).

(*) Crêpes qu'on vend faubourg du Temple, qui ont à peu près
50 à 55 centimètres de diamètre.

Bref, je les ai quitté z'au coup de l'étrier,
Qu'à peine pouvait-il entrer dans mon gosier ;
Puis dans ma *soulerie*, allant rouler ma bosse
Droit chez mon capitaine, en véritable rosse.

Je suis tombé deux fois, tant j'allais de travers,
Selon moi tout tournait et marchait à l'envers ;
Me tenant avec peine, ayant l'œil un peu terne ;
J'avais même oublié de prendre la lanterne,
Et chantant en chemin, ainsi dans les brouillards :
Je suis dans les flambans, et vive les flambards !

J'arrivai cependant chez l'épicier *droguisse*,
Confiseur, parfumeur, capitaine, *herborisse* ;
A la seringue d'or ! chez Robichon aîné,
Décoré, brévété pour le bon raisiné,
Dans l'quartier des Lombards, tant bien que mal, en sorte
Qu'onze heures sonnaient juste en frappant à sa porte ;
On ouvre, et j'entre enfin, mais en crâne tambour,
Je m'en vais m'applatir au milieu de la cour,
En plein dans un ruisseau qu'était comme un'ornière,
Où j'm'ai rabotté l'nez d'une rude manière,
En tombant de mon-n'haut. Tout ça, c'était très bien ;
Mais j'avais si tel'ment fait z'unc peur au chien,
Qu'il s'est lancé sur moi, ce furieux caniche,
Tout comme un furibon en sortant de sa niche ;
Mais très heureusement il n'a pu me happer,
Sa chaîne étant trop courte, il n'a fait que japper ;
Mais il se démenait, et faisait un vacarme
A mettre sur le champ tout l'quartier z'en alarme,
Sautant, caracolant, à rompre son collier.
La bonne en accourant tombe dans l'escalier,

Et tandis qu'al cherchait à tâtons sa chandelle,
Le maudit animal gueulait que de plus belle.
A ce bruit, le portier qui s'était empressé,
Pour me donner la main, je me suis ramassé;
Il me tenait les bras, me poussant par derrière,
J'ai monté le perron, et r'joins la cuisinière,
Qui, venant droit à moi, me dit avec humeur :
Ah ! monsieur Belacier, que vous m'avez fait peur ?
Vous êtes bien gentil ! Comment et de la sorte
Oser vous présenter ? le diable vous emporte !
Allez ! vous faites tout pour vous faire casser,
Et si l'on s'aperçoit...; mais l'on va vous chasser :
Venir en cet état !... Entrez à la cuisine,
Et débarbouillez-vous. C'te bonne Joséphine,
Alle m'a fait asseoir, et dans un sceau plein d'eau
M'a fait laver à flots la tête et le museau;
Puis, avec un torchon d'une toile assez dure
Alle a mit tout à vif le nez de ma figure.
Ne pouvant que louer sa bonne intention,
J'ai souffert sans rien dire et mort et passion.
Qu'importe, de son mieux *alle* me rafistole
Et me remet debout. Une fois *de d'sur* sole,
Alle me donne à boire, après m'avoir coiffé,
Plein d'un énorme bol du chouette café;
En me disant : buvez, cela va vous remettre.
Sitôt dit, d'un gorgeon, j'ai tout fait disparaître.

Cela méritais bien un beau remercîment,
Aussi, pour lui prouver q'j'avais du sentiment,
J'ai voulu l'embrasser pour payer tout son zèle;
Mais j'renversai l'machin ousqu'on met la vaisselle,

Qui, s'étalant par terre avec un grand fracas,
Brise en mille morceaux les assiettes et plats.
En voyant ce dégat ; j'ai *t'évu* la vénette,
Et, pour me rassurer, le bruit de la sonnette
Est venu redoubler avec un aigre son
L'embarras où j'étais d'arranger mon poisson ;
De son côté, la bonne était comme *hahurie*,
Et faisait sourde oreille à cette sonnerie,
Se hâtant de cacher au fond d'un grand panier
Les malheureux débris du fâcheux vaissellier.
La sonnette pourtant sans cesse brandillante
A tirelarigot appelait la servante
Qui ne répndait pas. Madame Robichon,
Ne *savant* si c'était du lard ou du cochon,
Accourt, et furieuse *alle* entre à la cuisine,
Puis, s'exprimant ainsi, s'adresse à Joséphine :
Sacré sac à papier ! ne pourrais-je savoir
D'où vient qu'on fait chez moi tel bastringue ce soir ?
La pauvre cuisinière, hésitant, balbutie :
Une planche, madame, et mal assujettie...
Une assiette est tombée... un vieux pot... le tambour...
Mais, moi, j'ai coupé net après ce calembourg,
Et comme je connais c' que c'est qu' la bienséance,
J'ai salué madame et fait la révérence ;
Je n'ai dit que deux mots, avec tant de douceur,
Qu'alle a changé en tout et de ton et d'humeur ;
Et quoi qu'a n'rit pas plus qu'un âne que l'on bride,
Pourtant en lui parlant, j'la vois *qu'a* se déride,
Disant à son à part : Ces tambours de malheur,
Ces godeluraux-là mettent tout en rumeur ;

J'aurais dû me douter au bruit de l'arrivée
Que le beau Bolacier faisait cette corvée.
Je vais dire à monsieur que vous êtes présent.
C'est à moi *qu'a* parlaiz, à moi directement ;
Puis la v'la qu'a s'en va, n'ayant plus rien à dire,
Et rentre dans la salle où je l'entendais rire ;
Mais aussitôt entrée, on m'appelle : hé ! tambour,
Venez donc par ici ? Moi , j'entre et j'dis bonjour ,
Tant j'étais t'ébaubi. La porte étant ouverte,
Je n'pouvais pas r'culer ; je vois une table verte
Et j' fus ben étonné d'voir chez un épicier
Tenir un jeu d'argent com' chez un financier ;
Malgré moi, je *m'ai* dit : m'parraît qu'monsieur Potasse
Gagne fièr'ment d'la pièce en vendant d'la mélasse.
Mais sans ouvrir la bouche, ayant passé le seuil ,
Hardiment je m'envais m'asseoir dans un fauteuil
Que j'avais aperçu dans le coin le plus sombre ;
Et j' m'en vais m'y *bloutir*, car j'avais besoin d'ombre.
    — « Notre partie en train en deux coups doit finir,
Dit monsieur Robichon, et nous allons partir ,
Nous en avons au plus pour huit à dix minutes ,
Tambour, en attendant, reposez-là vos flûtes. »
    Ancré dans mon fauteuil, d'où je n'osais bouger,
J'aurais bien désiré ne plus me déranger ;
Mais ce soir malheureux, je n'ai pas eu de trêve ,
Et voilà tou-à-coup que mon cœur se soulève ,
Et les fumets du vin me montant au cerveau ,
J'ai mis , comme l'on dit, du cœur sur du carreau ;
Saisissant mon schako, dans ce moment critique ,
N'ayant pas d'autre plan , j'y déposai ma chique.

Ensuite une colique où je serrai la fesse ,
Mais inutilement : O ! comble de détresse ,
Oserais-je avouer ?... Non , le coup décisif
Découvrira les cas qui m'ont rendu fautif,
Et nous en approchons. Parlons de l'assemblée
Qui , par certaine odeur , fut aussitôt troublée.
D'abord se regardant d'un air tout consterné ,
Chacun riait sous cape en se pinçant le nez ;
Puis de rire aux éclats, et comme par surprise ,
A la hâte on s'offrait coup sur coup une prise ;
Jusqu'au chien , dont l'odeur avait comme égaré ,
S'enfuit en aboyant après m'avoir flairé.
On n'pouvait plus y t'nir ; aussi mon capitaine
Se lève en s'écriant : c'est *la gaze* hydrogène ;
On n'peut point z'en douterr ; c'est un *tuilliau* crevé.
Dessus ce dernier mot , tout l'monde s'est sauvé ;
Madame Robichon , partout laissant la trace
De son rire aux éclats, abandonne la place.
Aussitôt on apporte un grand porte-liqueur
Pour faire dissiper enfin les mals de cœur.
On ajoute un grand verre et l'on verse à rasade,
J'n'en avais pas bésoin , car j'étais si malade
Que je n'savais comment m'tirer de c' mauvais pas ;
Dans cette gêne extrême et ce triple embarras ,
En voyant ce gob'let *d'une* énorme calib'e ,
J'me suis dit : c'est pour moi, r'prenons notre équilib'e,
Et cherchons les *moilliens* de cacher jusqu'au bout
Notre position de salop d'homme soul.
On me dit d'approcher à cette régalade ;
Mais v'la qu'en m'avançant je fais une glissade ;

Peut-être ai-je marché de *d'sur* un gros crachat ;
Mais frappant mon talon *d'sur* la patte du chat,
Il jette un cri perçant, qu' j'en ai perdu la tête
Ainsi que l'équilibre, et j'ai fais pirouette ;
Puis m'en allant tomber le nez sur le flambeau,
J'ai renversé la table ainsi que le plateau.

Mais après un malheur un autre nous arrive,
Et v'là qu'en *m'ragrippant* à l'habit d'un convive,
Je l'avais si bien pris au défaut du collet,
Que j'emportai l'morceau jusqu'au bas d'son mollet ;
Mais ce n'est pas là tout, j'entraînai dans ma chute,
La chaise avec madame, *alle* a fait la culbutte,
Et son bibi chéri, son malheureux griffon,
Du bout de mon soulier, je l'envoie au plafond,
V'là qu'alle jette un cri, mais un cri lamentable,
En voyant son toutou retomber sur la table,
Qui gueulait *oab' oab' oab'*, et l'chat qui f'sait *fout, fout,*
Mon capitaine encor criait par dessus tout.
Dans tout ce *tripouli* la société entière
Criait : Allons, la bonne, apportez d'la lumière !
C'te pauvre fille accourt, tombe, ayant fait un saut,
Et se foule un genou, pour arriver plus tôt.
On me relève alors (j'étais couché par terre) ;
Mais dès que l'on eut vu par dessous ma visière
Dans l'état que j'étais et mon nez écorché,
J' n'entendais plus qu'un cri : C'est lui qni s'est lâché !
La peste de tambour ! qu'on le jette à la porte !
Criait notre épicier, d'une voix assez forte :
Mais par quel bout le prendre ? ha ! l'énorme cochon !
Cochon, mon capitaine ! et vous un cornichon !

Que j'réponds vivement, étant à la réplique.
Cornichon ! répond-il d'un air tragicomique ;
Cornichon !... sac à vin! polisson ! arlequin!
Sortez d'ici bien vite !... — et plus , un vrai faquin !
Que j'ajoutais ensuite en barbottant *par terre*.
Tout l'monde *d'sur* ce mot *m'empoigne* avec colère ,
Et m'fait dégringoler les marches du perron ,
Mais au bas le caniche happe mon pantalon :
De suite on est *vénus* lui faire lâcher prise ,
Sans quoi je vous réponds qu' j'en passais une grise ,
Et j'peux vous assurer que j'n'étais pas trop bien ,
Le derrière collé dans la terrine au chien.
L'on me relève encore , et comme une morue
L'on me jette du coup au milieu de la rue.

Là, ruminant , j'*m'ai* dit : j'crois que j'ai révé d'chat,
Comme on dit , j'ai d'la chance à m'noyer dans l'crachat ;
Mais au fait , après tout , glissons sur l'apostrophe ;
Quand on n'est pas content, z'il faut êt' philosophe :
Puis me r'mettant z'en marche avec un air rêveur ,
J'fus droit chez l'marchand d'vin pour passer mon humeur.
Mais l'marchand d'vin me r'pousse, en disant ma pratique,
Il est minuit sonné, je ferme la boutique ;
Mais , j' lui dit : seulement un simple demi-s'tier,
J'éprouve un grand besoin de me rincer l'gosier.
Il est assez rincé , qui m' répond, et j' peux croire
Qu'aujourd'hui vous pouvez vous dispenser de boire ;
Vous en avez au point de ne pouvoir marcherr...
Vous ferez mieux , mon cherr , de vous allerr coucherr.

Là dessus de rechef et d'un air d'ironie
Me heurte, me repousse, et m' fait z'une avanie ,

J'ai cassé deux carreaux, v'là qu'les gens du quartier,
Me traitent en tout point tout comme un émeutier.
Tout le monde attroupé s'informe, et sans scrupule,
L'marchand d'vins soutenu me traite de crapule;
Mais je r'lève le mot en allongeant l'jarret,
Et j'y colle un coup d'poing droit d'sur le *nazaret*.
Une patrouille passe, et de l'ordre publique,
Le sergent m'invitant, j'ai suivi sans réplique;
Mais y m'dit aussitôt : — « Après ce carillon,
« Tambour, venez jouer du fifre au violon;
« Ici vous avez fait z'assez de la musique,
« Ainsi, suffit, marchons. Au poste l'on s'explique. »
    Avec eux je marchais, quand notre gros-major,
Qui sortant du spectacle, en crâne, en matador,
Me voiliant z'escorté, s'avance et puis m'acoste,
M'invective en marchant, z'et m'crossant jusqu'au poste;
Moi, qu' j'ai le vin mauvais, quoiqu'il fasse le beau,
D'un grand renfoncement j'y crève son chapeau.
Puis j'veux m'pousser du vent, mais l'sergent me ragrafe,
Et v'là qu'en m'débattant, je casse une caraffe;
On m'enfonce aussitôt, faisant rébellion,
Dans la boîte aux z'han'tons z'appelé violon;
Et c'matin l'tambour maître, un des plus durs à cuire,
De l'ordre du major est *vénus* me conduire.
Tous les deusse enfoncés dans un mauvais sapin
Nous voilà donc parti dedans ce mannequin;
Mais en chemin faisant, pour dernière aventure,
Nous allons nous z'heurter contre une autre voiture,
Qui, chavirant l'cheval et le cabriolet,
Nous fit d'une boutique enfoncer un volet,

Et par le contre-coup j'm'en vais de d'sur la selle
Me cogner le menton de façon la plus belle.
Le volet se décroche et renverse un passant
Qui renverse une femme entraînant son enfant,
Quand un autre gamin vient tomber sous la roue :
Le tambour-maître et moi barbottions dans la boue ;
Mais pendant qu'on criait : « Faut payer les dégats ! »
Tous les trois nous r'montons vivement dans l'cabas,
Et nous voilà filé, renversant tout en route,
Fouettant z'écrasant z'enfin, coûte qui coûte.
Voilà toute l'affaire, et j'ai le cerveau creux,
C'est pourquoi j'ai tiré tout ça par les cheveux.
Ainsi soit-il.

Le tambour Belacier, finit là son histoire,
Elle est assez croyable, et nous pouvons y croire.
Je n'ai plus rien à dire, et je juge à propos
De terminer ici l'Hôtel des Haricots.

FIN
DE LA PREMIÈRE PARTIE.

LE TAMBOUR

Philosophe.

DEUXIÈME PARTIE.

POÉSIES DIVERSES

ADRESSÉES EN DIFFÉRENTS TEMPS A MM. LES GARDES
NATIONAUX DONT J'ÉTAIS LE TAMBOUR.

STANCES

Intercalées dans une lettre d'invitation que j'ai envoyée à ces Messieurs pour
les engager à honorer de leur présence une soirée dramatique que je leur
ai offerte pour mon bénéfice, l'année dernière.

L'homme une fois plongé dans le malheur,
C'est à qui mieux lui jettera la pierre :
Encore heureux quand il peut du vulgaire
Mettre à l'abri sa vertu, son honneur.

L'adversité bien souvent nous accable
Et nous réduit au plus grand désespoir,
Sans pour cela prendre comme un devoir
Le suicide, et s'en rendre coupable.

Songez, ô vous! qui voulez vous détruire
Pour éviter quelques calamités !
Ce que coûta toutes vos facultés
A vos parents, hélas! pour vous instruire.

L'homme sensé doit-il perdre courage ?
Non ! Pour parer à tous les coups du sort,
Il fait agir tout ce que son ressort
A de moyens, de génie en partage.

Car il suffit qu'une seule journée
Venant briser la chaîne de nos maux,
De maillons d'or échange les anneaux
De notre pauvre et triste destinée.

Je ne crains pas de dire ici d'avance,
Étant contraint par la nécessité,
Que de l'orgueil et de la vanité
Je me dépouille en cette circonstance.

En éprouvant le besoin d'un secours,
Sur vous je fonde enfin mon espérance,
Et je m'adresse avec toute assurance,
Pour obliger vous n'êtes jamais sourds.

Le rendez-vous est à cette soirée :
Daignerez-vous m'honorer d'y venir,
Car c'est pour vous que, comptant réussir,
Depuis longtemps je l'avais préparée.

Elle doit être à s'y fouler, je jure,
Nombreuse au point, tant on me l'a promis,
J'ai confiance aux promesses d'amis,
Je suis crédule, et j'accepte l'augure.

Un mouvement de curiosité
Vous fera faire un léger sacrifice ;
Moi, j'y pourrai trouver mon bénéfice,
Et vous un trait de générosité.

ÉPITRE

ADRESSÉE A M. H..N (*), POUR LE JOUR DE SA FÊTE.

MONSIEUR LE MAJOR,

Par un hazard, j'ai su que votre fête
Était demain le jour qui fut choisi,
Que dès longtemps je m'étais mis en tête
Ce beau moment, aussi je l'ai saisi.
Si je pouvais en cette circonstance
Faire un couplet que je vous puisse offrir,
Il comblerait toute mon espérance,
Et mon esprit cesserait de souffrir.
Je cherche en vain dans ma tête insensée
A composer ce compliment chétif;
Mais pour trouver une belle pensée,
Je m'aperçois que Pégase est rétif.
Daignerez-vous accueillir mon hommage?
C'est une fleur que j'offre à la bonté.
Je conviendrai que c'est un faible gage;
Mais ne pouvant faire à ma volonté,
Je l'offre autant que je puis avec grâce,
En y joignant la rose et le laurier,
Car en vos mains la rose est à sa place
Tout aussi bien que la fleur du guerrier.

(*) Homme loyal, d'une franchise et d'une douceur à se faire
adorer de tous ceux qui l'entourent, un homme enfin respectable
sous tous les rapports. Je regrette de n'avoir pas été mieux inspiré
lorsque j'ai composé pour lui cette épitre.

Impromptu (*) au corps-de-garde pour un nouveau Chef.

Toujours il fut ainsi, le point est général,
Depuis le commandant jusques au caporal,
Pour la première garde ou le premier piquet
A chaque homme gradé nous donnons un bouquet.

GARDE NATIONALE DE PARIS.

Paris, ce 1er janvier 1831.

Hâtons-nous donc d'arracher le bandeau
Qui dès longtemps aveugle la justice ;
Il est en or émanté par le vice,
Et trop souvent fit pancher son fléau.

MONSIEUR,

Les deux tambours de la compagnie saisissent avec empressement la solennité du premier jour de l'année pour vous prier d'agréer leurs vœux sincères. Ils espèrent que ces vœux s'accompliront, non seulement pour la garde nationale, mais encore pour notre belle patrie qu'elle représente si dignement.

Les sentiments que nous vous offrons sont ceux de tous les vrais Français. « *L'union fait la force* : » c'est de cet adage que naît notre espoir pour nos destinées futures ; et c'est nous qui, les premiers, s'il le fallait, marcherions en répétant ce refrain bien connu :

(*) Pêchant par la rime qui est toute masculine.

1er janvier 1833.

MONSIEUR,

Les tambours de votre compagnie croiraient manquer à leurs devoirs s'ils n'étaient pas les premiers à vous offrir les vœux, etc.

O ! vous qui possédez tout avec abondance,
Et qui coulant vos jours au sein de l'opulence,
Vous n'en jouissez pas fatigués d'en jouir,
Forgeant mille projets pour trouver un plaisir,
Sortez de vos palais, et dans le voisinage,
Allez voir l'intérieur dans un pauvre ménage !
Là, vous verrez, sans feu, sur la paille et sans pain,
La famille transie et mourante de faim.
Si vos cœurs sont touchés au cri de la nature,
Vous la soulagerez. O jouissance pure !
A ce plaisir nouveau presque étranger pour vous,
Comparez votre sort et trouvez-le bien doux !

Et toi ! homme insensé, qui te donne la mort
En voulant jusqu'au comble emplir un coffre fort,
Te privant chaque jour jusques au nécessaire
Pour enfler ce trésor qui seul a su te plaire,
Ne jouissant de rien, ayant tout à loisir
De quoi bien satisfaire à ton moindre desir,
Pour conserver ton or, homme idiot et cupide,
Tu te couche souvent avec le ventre vide,
Et sans cesse inquiet on te voit dépérir,
Et craignant de manquer, tu te laisse mourir.
Seul et comme un vrai loup, le monde te déteste,
Et bien loin de te plaindre, on rit au coup funeste.

A quoi t'auront servi les faveurs de Plutus ?
Sans en avoir joui , tu n'y toucheras plus.
Appelle à ton secours l'art de la médecine
Pour qu'un calmant trompeur aussitôt t'assassine :
Là , voulant en tâter , bien , d'une potion
Qui t'envoie en deux coups dans l'empir' de Pluton ;
Et ce trésor , ton dieu , dont tu fus tant avare ,
Il faut l'abandonner aux portes du Ténare.

Tes jours étant comptés , compte mieux ton argent ,
Et de ton superflu soulage l'indigent ;
Tu feras des heureux en prolongeant ta vie :
Puis, terminant tes jours , une douce agonie
Te fermera les yeux , ayant fait de beaux traits ?
Heureux et regretté , sans peines ni regrets.

1er janvier 1834.

MONSIEUR ,

Les tambours de votre compagnie , etc.

O ! toi que rien ne peut arrêter dans ta course ,
Vieillard au front sévère orné de cheveux blanc ,
Le monde t'est soumis, tu tamises, nos ans,
    Et comme le vent tu nous pousse.

    Tu nous mènes vers la colline
    Où malgré soi chacun s'incline ;
    Puis nous avançons plus avant,
    Nous retombons dans le néant.

1ᵉʳ janvier 1835.

O ! jour cent fois heureux ! toi , régénérateur ,
Baume pour les humains , le plus consolateur ,
Jour divin où le pauvre , oubliant sa souffrance ,
Fête d'un cœur joyeux que soutient l'espérance.
Et comme le soleil qui fait épanouir
Les fleurs dans le printemps , tu viens nous réjouir :
Jour où dans tous les yeux partout la gaîté brille ,
Où les cœurs ulcérés des haines de famille
Que remplace souvent l'accord le plus parfait ,
Où l'avare jaloux s'abandonne au bienfait ,
Oui ! ce jour solennel , étouffant toute haine ,
Place enfin le plaisir au-dessus de la peine.

C'est donc en ce beau jour que venant vous offrir
Les souhaits que nos cœurs font pour votre avenir ,
Par leur sincérité seront d'heureux présage ,
Et nous vous supplions d'en accueillir l'hommage.

Ce compliment peut-être est fait tout à rebour ,
Mais soyez indulgent pour des vers de tambour.

1ᵉʳ janvier 1836.

Depuis cinq ans et plus , la discorde en furie
Agita ses brandons au sein de la patrie ;
Ce monstre furieux aux farouches regards
Fit tomber le commerce , anéantit les arts.
Ce n'était point assez : pour comble de misère
Un souffle empoisonné (*) vint dépeupler la terre ;
Ce fléau confondit dans un vaste cercueil
L'opulent décoré , le pauvre sans linceul.

(*) Le choléra-morbus.

Après tant de malheurs, de troubles et d'alarmes,
La France gémissante enfin sèche ses larmes ;
Réunissons nos vœux pour qu'un doux avenir
Efface promptement ce triste souvenir,
Le calme renaissant nous donne l'assurance
D'amener parmi nous la paix et l'abondance.

Ce 1er janvier 1837.

Le temps qui détruit tout dans sa course rapide,
Sillonne tous les ans notre front d'une ride,
Et passant comme un trait au-dessus des humains,
Nous renverse à son gré de ses terribles mains.
En nous montrant du doigt l'auteur de la nature,
Il adresse ces mots à chaque créature :
Le très-Haut me conduit, je pousse le destin,
Et dois rendre pour vous l'avenir incertain.
Enfants nés du hasard et jetés sur la terre
Fragiles comme l'est et la glace et le verre,
Aimez-vous, Dieu le veut ; il vous fit tous égaux ;
Pour jouir ici bas du fruit de ses travaux.
N'oubliez pas surtout que sa toute puissance
Pèse vos actions dans sa juste balance.
Et ce n'est pas toujours en amassant de l'or,
Qu'on possède ici bas le précieux trésor ;
C'est en faisant le bien, soulageant l'indigence,
Qu'on sent naître en son cœur un rayon d'espérance.
Soyez justes et bons, mais surtout généreux ;
Le mortel bienfaisant devient l'égal des dieux.

Halte-là ! mon esprit, pour le coup c'est trop fort !
Vous allez, je le vois, me faire donner tort ;
Vous me faites ici faire une grande phrase

En célèbre orateur, j'y parle avec emphase :
Dans la fatale erreur où je vais m'oublier,
Je ferais mieux je crois de quitter l'encrier,
Car le diable s'en mêle ou bien la frénésie.
En rimaillant, je crois faire une poésie.
Hélas ! mon pauvre esprit, votre peu de savoir
Va me faire noyer au fond du pot au noir.

N'importe, encore un mot : Demain avant l'aurore
J'accorderai pour vous mon *instrument sonore ;*
Et pour vous arracher aux douceurs du sommeil,
Par ordre de l'amour, nous battrons le réveil.
L'amour, ce dieu malin qui gouverne le monde,
Armera son carquois pour commencer sa ronde,
Et tenant à la main son céleste flambeau,
Au premier jour de l'an réclame son cadeau.
Or, voici mon souhait : puisse sa douce flamme
Effacer les chagrins qui pèsent sur votre âme.

Ce 1er janvier 1838.

Le printemps est passé, l'été même et l'automne,
Les frimats maintenant, l'hiver nous environne ;
Il passera bientôt comme nous passerons :
L'on porte un an de plus après quatre saisons.
Les mois se succédant ainsi que les années,
Nous allons au trépas à petites journées,
Soutenus seulement par un espoir flatteur
Qui nous fait entrevoir au loin le vrai bonheur.

Oui, douce illusion ! consolante espérance !
Toujours du malheureux tu calmes la souffrance !
Tu viens à son secours au sortir du berceau,
Et quand tu l'abandonne, il descend au tombeau ;

Jusqu'au dernier soupir où tu jettes la rose
Pour adoucir la couche où sa tête repose.
    — Cela n'est pas trop gai, ni trop bien, ni trop mal ;
Mais ce Fleury pour sûr est un original :
Que va-t-il nous donner en cette circonstance ?
De noirs pressentiments pour attrister d'avance ?
Que le diable l'emporte ! il met la larme à l'œil,
En nous parlant ainsi, veut-il nous mettre en deuil ?
    — Ah ! pardonnez de grâce à la folle manie
Qui m'entraîne et m'aveugle à me croire un génie.
Sans cesse aiguillonné, je compose des vers,
Mais tous ceux que j'ai faits sont-ils tous de travers ?
La règle, à chaque instant, dont je suis les caprices,
Me force de marcher comme les écrevisses,
Et je me bats les flancs à suer sang et eau,
Je ne fais rien sortir de mon faible cerveau :
Je me démène en vain, ma muse roturière
Cherchant à s'élever reste toujours grossière ;
En dépit du bon sens, elle me fait rimer,
Pour m'exposer, je crois, à me faire assommer.
Mais c'est à mon esprit qu'il faut d'abord m'en prendre,
A ces frivoles vœux, je suis sot de me rendre,
Encore ici, je fais un gribouillage affreux,
Qui, sans nuire à personne, est pour moi dangereux,
Car, entre nous soit dit, ce n'est qu'un griffonnage ;
Hé bien ! l'on m'accusa d'en avoir fait pillage.
Vous prîtes, m'a-t-on dit, dans quelques bons auteurs,
Et cela m'attira quantité de railleurs.
Ce n'est pas amusant ; sortez de ma cervelle !
J'ai besoin d'une idée un peu fraîche et nouvelle,
Aujourd'hui digne en tout d'être offerte au lecteur,
Qui, l'égayant, bannisse un peu sa noire humeur.

Allons , fournissez-moi de quoi le faire rire ,
Car ici je ne sais ce que je vais lui dire.
Mais mon esprit s'absente au bout de mon rouleau.
L'on va croire qu'ici je veux singer Boileau :
L'on pourrait me taxer , prenant cette licence ,
De vouloir égaler cet homme de science.
Mais je sais me juger , moi , mauvais rimailleur ,
Atôme de génie. Ah ! j'en aurais frayeur
D'y penser seulement ! Ecrivant, plus je brode,
J'approche la fourmi du colosse de Rhode ?
Non ! mon ambition ne va pas aussi loin ,
Qu'à vous distraire un peu je n'ai pas autre soin.
Sans vouloir imiter ni Boileau ni Voltaire ,
Je n'ai d'autre désir que celui de vous plaire ,
    Mais je cesse d'écrire et vais changer de ton :
C'est un moyen, je crois , que vous trouverez bon.
Un autre bien plus sûr que celui de poète ,
Deviendra ma ressource , étant beaucoup trop bête.
Comme j'ai grand espoir en faisant mes efforts
De gagner votre estime et réparer mes torts ,
Je vais en profiter et le mettre en usage.
Harnachons-nous donc vîte , et pour faire tapage ,
En courant dans Paris avant l'aube du jour ,
Aux flûtes et clairons y joindre le tambour.
Avec cet instrument qui s'entend à la ronde ,
On est plus sûr de faire un grand bruit dans le monde ;
Enfin voilà ma chûte , et pour finir gaîment ,
Je terminerai tout par un long roulement.

Ce 1er janvier 1839.

Beau jour, je te salue ! En tous temps désiré ,
Partout, pour te fêter, tout le monde est paré ,

Dans ce moment marqué, suivant l'antique usage,
Comme étant favorable et d'un heureux présage,
Chacun, dès le matin, par ce jour aveuglé,
De droite à gauche enfin court en écervelé :
Là, marche sans rien voir un homme qui répète
Un discours ampoulé qui n'a ni PIEDS, ni *tête ;*
Il en est enchanté ; c'est un solliciteur :
Il va le débiter chez son grand protecteur.
L'on doit bien se douter qu'en fait de jongleries
Il est assaisonné de mille flatteries.
Un riche emploi qu'il vise est le point important,
L'obtiendra-t-il ? sans doute, étant souple et rampant.
C'est une chose sûre. Ha! dira-t-on peut-être,
Non ! la meilleure place est donnée à tel être.
Aussi le voyez-vous qu'il a l'air affairé,
Se heurtant chaque pas, tant il est effaré.
Quand d'un autre côté, chez vous la foule abonde,
Parents, amis, intrus, arrivent à la ronde,
Du matin jusqu'au soir, en ce jour solennel,
Accablé des souhaits d'un bonheur éternel,
D'un tas d'individus qui viennent à la course,
Pour vous féliciter et vider votre bourse.
Mettez le pied dehors, l'un et l'autre en chemin
Vous happe par un bras ou vous brise la main :
Tout ce qui se rencontre enfin sur votre route,
Bossu, chassieux, dartreux, de qui le nez dégoutte ;
Une vieille sans dents qui prend un air badin
Vous attrape au collet et vous baise soudain ;
Le plus désagréable, elle a mauvaise bouche,
D'une force à tuer à vingt pas une mouche,
Qui, tout en vous parlant avec un air gaillard,
Vous crache à la figure en disant : quel brouillard !

Puis un vieux catarrheux qui, dans sa douce étreinte,
Vous laisse une roupie à votre joue empreinte.
Et pour vous y soustraire, en voulant vous presser,
Le premier chien coiffé vient pour vous embrasser.
Passez un carrefour, au détour d'une rue
Un gros rassemblement formant une cohue
Vous barre le passage, et dans cet embarras
Causé par des cochers qui ne démarrent pas ;
Hé ! clic ; clac ! et d'un fiacre échappant une roue,
Qui de la tête aux pieds vient vous couvrir de boue ;
Vous êtes très heureux d'échapper au danger,
Et vous en trouver quitte, allant vous rechanger ;
Voilà comme à peu près s'écoule la journée,
Et les premiers plaisirs de la nouvelle année.

———————

J'avoue et je crains bien que ma production
N'atteigne pas le but de mon ambition,
En mettant sous vos yeux une chose pareille,
Quelques mots un peu crus peuvent blesser l'oreille,
Je le sais, mais cela n'irait guère autrement,
Et d'abord un tambour doit parler franchement,
Car trop gazer ici ne serait plus comique,
Et je livre mon style aux mains de la critique.
Que dirai-je de plus ? enfin, mon cher lecteur,
Serez-vous indulgent pour un tambour auteur,
Et pourrai-je espérer, si je vous ai fait rire,
D'obtenir le pardon pour ma pauvre satyre.

FIN

www.ingramcontent.com/pod-product-compliance
Ingram Content Group UK Ltd.
Pitfield, Milton Keynes, MK11 3LW, UK
UKHW020026080726
13614UKWH00004B/1589